AF389538

LES 3 ÉTOILES DU SAHEL

ET

LE PRIX DE L'EXCELLENCE

© « Plumes du Faso » Tenkodogo, Burkina Faso, 2025.
Tous droits réservés
Sous peine de poursuite judiciaire, aucun extrait de cet
ouvrage ne peut être reproduit ou photocopié sans
l'autorisation écrite de l'éditeur.
Les 3 Étoiles du Sahel et le Prix de l'excellence — Nẽer-songo

Numéro série éditeur : 065

Dépôt légal : 24-652 du 24 01 2025
Bibliothèque Nationale du Burkina

Conception et mise en page : Édition Plumes du Faso
ISBN : 978-2-38086-100-6
EAN : 9 782 380 861 006

Contact de l'auteur :
E-mail : neersongo@gmail.com

PLUMES DU FASO
TEL. (+226) 71.11.60.46/74.52.07.07
Courriel : plumesdufaso@gmail.com

Dédicace

À l'Afrique,
à la famille,
à la patrie,
à la foi.

Sommaire

Chapitre I

Le projet des trois amis

Ba-yiri, 1er octobre…

À
Monsieur le Président
de la Confédération du Grand Sahel

Monsieur le Président,

Mes amis Salam, Lafia et moi-même, Pax, avons le plaisir de vous écrire en ce mois de notre toute première rentrée scolaire au collège. Nous souhaitons vous rencontrer au sujet d'une idée qui nous tient à cœur.

Nous désirons la construction d'une Maison pour les enfants déshérités à Ba-yiri. Ils abondent dans tous les coins de rue. Nous y contribuerons avec nos petites économies. Nous comptons beaucoup sur la sollicitude que vous avez pour les jeunes confédérés du Sahel.

Veuillez agréer, Monsieur le Président, l'expression de notre profond respect.

Pax, Salam et Lafia venaient d'entrer en 6e et fréquentaient le Collège de l'Excellence de Ba-yiri, la capitale de la nouvelle Confédération.

Depuis la classe de CM2, ils nourrissaient des projets. Ils désiraient à présent réaliser celui-ci.

Les trois élèves lurent à tour de rôle la lettre sous un arbre du jardin public de Ba-yiri, dénommé le « Jardin du maire ».

Pax esquissa un sourire en brandissant un petit appareil photo.

— Enfin, nous pourrons réaliser notre vœu ! Nous allons serrer la main du président et prendre une photo avec lui ! Toujours d'accord ?

— À cent pour cent ! acquiescèrent les deux autres. Nous sommes toujours « *Ubuntu* » !

Ils se référaient toujours à ce principe de solidarité dans lequel ils avaient été initiés.

— Comment notre lettre va-t-elle atterrir sur son bureau ? demanda Salam.

— Bonne question… répondit Lafia. On n'y entre pas comme on le fait au marché de *Katreyaar*, hein !

C'était le petit nom du grand marché à ciel ouvert de la capitale.

— *Waï !* s'exclama Pax en agitant la tête. Le président fait quelques fois des sorties ici et là. On finira bien par le coincer !

— Pauvre lettre ! Si nos parents étaient des cols blancs, ils la déposeraient à cette heure même sur son bureau ! dit Salam, d'un air dépité.

— Tu rêves ! s'écria Lafia. Ce ne sont pas trois élèves de Ba-yiri qui auront accès au Palais de Koulouba ! C'est déjà un luxe pour nous d'être dans le Jardin du maire…

— Écoutez, nous sommes « *Ubuntu* » !

— Oui, bien entendu nous sommes une seule famille… mais que veux-tu dire ?

— Serrons-nous les coudes, car les sorciers menacent notre projet …

C'était de cette manière qu'ils se préparaient pour pousser leur cri de guerre.

Pax commença d'une voix solennelle.

— Je suis parce que nous sommes !

Les deux autres répondirent.

— Vous êtes parce que je suis !

Un silence de savane peignit leurs prunelles juvéniles.

— *Jam !* s'écria joyeusement Pax. C'est notre devise pour la vie !

Ses amis écarquillèrent des yeux interrogateurs.

— Demain, nous irons au Palais ! dit-il, en tenant fermement leur lettre entre les mains.

— J'espère que notre pilon s'accordera avec le mortier de Koulouba ! dit Lafia.

Salam dit avec un air désinvolte.

— Vous connaissez bien le proverbe : celui qui avale un pilon passe la nuit debout !

Chapitre II

Le coton, le feu et l'argile

Quelques jours plus tard, dans l'avenue de la Croix de Zinder, Pax fit son entrée dans l'atelier de son père. Très souvent, il l'observait coudre, faufiler et repasser les nombreux vêtements qu'il confectionnait à longueur de journée. Sa mère aussi était présente. Elle y faisait de menus travaux quand son temps le lui permettait. Elle se tourna vers son fils qui l'aidait souvent pendant les week-ends.

— As-tu déjà fait tes devoirs ?

— Bien sûr, *M'mã!*

— Ce n'est pas dans tes habitudes d'être ici de si bonne heure…

— Un vieillard assis voit plus loin qu'un enfant debout, dit-il, en faisant la grimace.

Elle fit un signe à son mari. Pax n'y comprenait rien, mais il connaissait leur complicité.

— C'est ça que tu cherches ?

Elle sortit un costume d'une malle. Pax vit qu'il s'était fait prendre.

— Oh, le beau *dashiki !*

— Tu l'as fait tout seul ! dit son père en souriant.

— Oui, *baba*!

— Pour une fois, tu n'as pas gaspillé mon coton…

— L'enfant qui écoute aujourd'hui sera un vieillard qui parle demain! dit Pax, qui sortit de l'atelier en serrant très fort son paquet.

* *

*

Salam habitait près de la Place de la Bataille du rail. Il était dans la forge de son père. Des braises crépitaient dans le foyer incandescent. Le bronze était prêt à être martelé. Il le sortit du four ardent et le métal rougeoyant prit la forme d'une gourmette. Salam peaufina l'objet avec dextérité.

L'homme le regardait faire.

— Tu y mets de l'adresse, *bi-songo*!

— Je vais montrer ce *zũuri* à mes copains! Ils m'ont dit que je n'étais pas capable de sortir quelque chose du feu.

— Celui qui supporte les flammes, c'est lui qui se réchauffera avec la braise. Tu feras des merveilles, petit forgeron!

Salam, tout heureux, enveloppa l'objet dans un morceau d'étoffe et quitta la forge.

* *

*

L'atelier était situé en face du Monument de l'indépendance. C'était ici que la mère de Lafia moulait les pots en terre et les exposait. Ce soir, la jeune fille sortit de cette petite fabrique toute barbouillée d'argile.

— Te voilà enfin ! lui dit sa mère qui conversait avec une cliente. Que caches-tu dans le dos ?

— *M'bamousso,* voici ! dit-elle en ouvrant les mains.

La cliente était ébahie en regardant le petit pot.

— Quelle finesse ! Regardez-moi ce joli *bogodaga* !

Elle le caressait des yeux.

— Je te l'achète sur-le-champ !

— Impossible Madame… il est déjà réservé !

— Lafia, tu es une grande *dagadala* ! Mais tu m'as pris trop d'argile… C'est toi qui feras la prochaine provision.

— Avec plaisir ! On dit qu'une fille est comme une poterie, on la moule tant qu'elle est fraîche, répondit-elle, en portant soigneusement son pot.

Chapitre III

Au Palais de Koulouba

Ce matin, les trois amis se retrouvèrent au Rond-point des Nations Unies. Ils admiraient ce globe terrestre qui rappelait leur leçon de géographie. Pax et Salam étaient dans des ensembles élégants. Lafia était rayonnante dans sa robe dont les couleurs s'harmonisaient avec le précieux colis qu'ils avaient apprêté.

Ils se retrouvèrent à bord du taxi qui roulait sur la Place des cinéastes.

— Je vous dépose où ? demanda le conducteur.

— Au Palais de Koulouba ! dit Pax, avec un air des grands jours.

— Quel Palais… ? Koulouba ?

— Oui ! firent-ils de la tête.

— OK ! dit l'homme très amusé. C'est 100 cauris pour chacun de vous.

— Ce sont toutes nos économies, Monsieur ! grommelèrent-ils, en mettant la main à la poche.

Quand ils furent devant l'imposante grille du domaine présidentiel, ils s'avancèrent vers des hommes en tenue.

— Bonjour, Messieurs les soldats !

— Nous ne sommes pas des soldats, nous sommes des *Tapsobendãmba* !

— Tap… quoi ? demanda Lafia. Vous tapez aussi les enfants ?

— Nous sommes les Gardiens du Palais ! Qu'est-ce que vous faites ici ? demanda l'un d'eux.

— Nous venons rendre visite au Président ! répondirent-ils avec beaucoup de vitalité.

— Que voulez-vous au Président ?

Pax s'avança vers eux.

— Messieurs les Tap… les Gardiens de notre Président ! Nous avons de sérieuses raisons d'être ici.

Salam et Lafia approuvèrent de la tête.

— Lui, c'est Salam, un prince de Sa Majesté *Naaba-Vineyam* de Ba-yiri. Celui-ci s'inclina avec déférence. Elle, c'est la Miss culture du Collège de l'Excellence ! Lafia fit une gracieuse courbette, en tenant en main leur précieux colis.

— Moi, on m'a fait l'honneur d'être premier sur l'ensemble de la Confédération au

dernier concours d'entrée en sixième ! finit-
il, avec emphase.

Les *Tapsobendãmba* prirent un air mi-sérieux,
mi-plaisantin.

— Mademoiselle et Messieurs, nous sommes
ravis de faire votre connaissance ! Pouvons-
nous enfin savoir pourquoi vous voulez
voir le président ?

— Nous avons une lettre urgente et un *dokkal*
à lui offrir, un petit cadeau, répondit Lafia.

— C'est tout ? Nous pouvons nous en
charger…

— *Tchié !* dit Salam. Nous aimerions le faire
nous-mêmes !

Lafia se fit de la place au milieu de ses amis et
s'adressa à l'homme.

— Son épouse sera très contente de recevoir
un joli *dokkal,* n'est-ce pas ?

— La Dame de Koulouba sera bien sûr ravie !
répondit l'homme, en regardant un autre
Gardien qui semblait être le chef.

— Nous avons assez perdu du temps avec vous !
dit ce dernier. Ce n'est pas un jardin
d'enfants ici. Décampez !

* *

*

Les trois amis se retrouvèrent peu après dans les ruelles du centre-ville. Ils étaient devant le monument du Camarade capitaine, appelé le « Révolutionnaire ». Ce colossal ouvrage en bronze était dédié au héros national de la Confédération.

— *Waï, waï !* Et maintenant ? demanda Salam.

— Suivez-moi… Le petit hippopotame sait où trouver de l'eau ! dit Pax, avec un sourire espiègle.

Il les conduisit à l'Office des postes. Un timbre fut acheté.

— La nuit dure longtemps, mais le jour finit par arriver ! dit Lafia.

— Seul, on va plus vite. Ensemble, on va plus loin ! s'exclama Salam.

Ils glissèrent l'enveloppe dans la boîte aux lettres.

Chapitre IV

Jènùgô, le chant du balafon

Ce jeudi matin, pendant le cours sur les Jeux olympiques, la professeure évoqua les prochains Jeux de l'Alliance sahélienne! C'étaient de grandes journées sportives qu'affectionnaient les élèves de la Confédération.

— Cette année, le coup d'envoi sera donné dans la capitale par le président, lui-même!
Ce sera à l'Arène de Lutte Traditionnelle.
Pax avait l'air méditatif quand les deux autres le rejoignirent peu après.

— Contemples-tu l'Afrique du troisième millénaire? questionna Salam.

— Non, j'ai une autre vision! Je vois déjà l'appareil photo en action…

— Cette fois-ci, on l'aura! s'enhardit Salam qui pensait comprendre.

* *

*

L'après-midi, les élèves s'entraînaient sur le terrain de sport. Le sifflet de la professeure savait redonner de la vigueur aux jeunes athlètes.

— Un peu plus de nerfs ! Les futurs champions ! Connaissez-vous « la morale du puits » ?

— C'est avec l'eau du corps que l'on tire l'eau du puits ! dirent en crescendo les jeunes sportifs.

Les élèves firent un dernier tour du terrain de football et vinrent s'étendre sur le sol.

— Évitez de vous affaler sur le sol comme des margouillats ! C'est mauvais pour le cœur…

— Madame, puis-je vous poser une question ? demanda quelqu'un. C'est vrai que certains enfants font des entraînements pour aller en guerre ?

— Expliquez-nous, reprit une autre voix. Comment peut-on envoyer des enfants sur les champs de bataille ?

— On les appelle les enfants-soldats… C'est une véritable tragédie ! répondit l'enseignante.

— Sont-ils obligés de se battre comme les adultes parce que les hommes les y envoient ? demanda une fille, en lorgnant les garçons.

— Et tous ces enfants qui sont abandonnés par leurs mères ! rétorqua l'un d'eux.

— Ce n'est pas une question de mâles ou de femelles ! répliqua une autre voix.

Toutes les filles se rangèrent d'un côté. Une discussion embrasa la petite troupe.

— Inutile de vous renvoyer la balle ! Dans un cas comme dans l'autre, il s'agit de blessures infligées à des êtres humains…

— *Wẽnde !* soupira Lafia. C'est ce qu'on faisait avec les tirailleurs sénégalais…

— Tout à fait ! renchérit Salam, mon père me l'a raconté. En fait, c'est pour désigner tous les soldats d'Afrique noire. Ils ont combattu dans les deux guerres mondiales pour libérer l'Europe !

Soudain, Pax se leva devant tous. Il balaya du regard la petite assemblée et sortit une petite feuille de sa poche.

Ô conscience d'Afrique, sème tes graines
Avance, brave, intrépide et sans chaînes.

Hommes d'ici, femmes d'ailleurs
Laissez éclore toutes vos belles fleurs.

Terre bénie du Sahel, fière, intègre
Ne baisse pas les bras aux jours maigres.
Demain, seront tes mains pleines de fruits,
Que tu auras attendu toute la nuit !

Sur les dunes roses de Koyma, poindra la joie
Sur les bords du lac Bam, des jardins de rois.
Sur le mont Indukal rayonnera ton soleil
Dans le Ténéré poussera un arbre sans pareil.

Une acclamation égaya les jeunes sportifs après sa déclamation. La professeure applaudit à son tour et lui demanda son texte.

— Voilà, c'est mon *Jènùgô* ! Le balafon qui chante l'Afrique de demain, dit-il, en s'inclinant devant tous.

— Il faut tout un village pour élever un enfant ! Nous nous souviendrons de ce poème. Bonne préparation à toutes et à tous pour les Jeux de l'Alliance sahélienne !

Salam et Lafia lui mâchonnèrent dans l'oreille.

— On espère que ton *Jènùgô* nous fera chanter un jour devant le président…

Chapitre V

À l'Arène de Lutte Traditionnelle

L'Arène de Lutte Traditionnelle était bondée en cette journée. Une myriade de jeunes ne s'était pas fait prier pour investir la pelouse et les gradins.

Pax, Salam et Lafia étaient là, eux aussi, prêts à participer aux différentes disciplines. Ils s'intéressaient particulièrement à la tribune des officiels. On avait dit aux élèves qu'elle était réservée pour le président et sa suite.

— Que comptes-tu faire ? demanda Lafia, qui était vêtue dans sa belle tenue de sport.

— J'ai donné l'appareil photo à un élève. Quand la délégation officielle arrivera, nous allons nous mêler à la haie d'honneur. Quand le président sera à notre niveau, on lui serrera la main et l'autre fera tout simplement « clic » !

— *Na wodi !* se réjouit Salam.

Une demi-heure plus tard, un mégaphone annonça l'arrivée du ministre de la Jeunesse et des Sports. Le président n'avait pas pu faire le déplacement. Le ministre leur souhaita de bonnes journées sportives en ce mois de décembre et d'excellentes fêtes de fin d'année : « Que les heureux gagnants d'aujourd'hui soient les futurs champions de demain ! »

Les trois jeunes enfants se regardèrent sans mot dire.

— C'est loupé ! enragea Pax.

— Pas de haie d'honneur ! Pas de président ! Pas de photo ! proféra Lafia, en décomptant leurs déboires du bout des doigts.

— Et moi qui croyais qu'aujourd'hui l'Arène de Lutte Traditionnelle serait notre jour de gloire ! dit Salam.

Lafia leva les mains vers le ciel.

— Il ne nous reste plus que nos guiboles pour courir !

Contre toute attente, elle provoqua une hilarité au sein du groupe.

Le haut-parleur retentit de nouveau : « *Toutes les candidates et les candidats doivent se rendre sur leurs lieux respectifs. Dans cinq minutes commencent les premières épreuves. Faites honneur à l'Afrique !* »

— De quelle Afrique parle-t-il ? Un président africain doit tenir parole, non ? lança Pax.

— D'autant plus qu'il est « Panafricain » ! rétorqua Salam.

— Tu parles du panafricanisme… c'est sur le terrain que ça se voit, ce genre de sport !

— Ce ne sera pas un sport facile, hein ! se risqua Lafia.

— L'esclave qui ne se lève jamais mangera toujours par terre ! répliqua Pax. Ce sera une lutte farouche pour la liberté. Et ça, c'est une autre histoire…

— En tout cas, cette histoire se déroule sous nos yeux ! Après l'esclavage abominable, la colonisation effroyable, l'indépendance factice, à présent, on parle de sou-ve-rai-ne-té ! vociféra Salam, de manière saccadée.

— Debout l'Afrique ! Et pour commencer… Chers Confédérés, à vos marques : partons !

Lafia, après ces mots, détala et les autres s'emballèrent à leur tour.

L'Arène de Lutte Traditionnelle avait été rénovée et resplendissait de ses plus belles couleurs. Une émulation régnait sur ces jeux de décembre, comme si la jeunesse de la

Confédération prenait déjà goût aux compétitions de haut niveau.

À la fin de ces journées, Pax remporta la finale du 100 mètres. Salam se hissa en tête du triple saut. Lafia fut classée première en gymnastique au sol.

Quand on leur demanda pourquoi ils faisaient une telle mine à la remise des trophées, ils répondirent qu'ils attendaient une superbe coupe de la main d'un super homme.

On leur dit avec un grand ahurissement.

— L'éléphant ne peut pas courir et se gratter les fesses en même temps !

Chapitre VI

En route vers Baani

L'harmattan soufflait dans les rues de Ba-yiri. Les jeunes gens avaient sorti leurs habits en *faso danfani* et déambulaient partout. Ils se pourchassaient dans les ruelles pour repousser le froid qui raidissait leurs membres. Ce qui les réjouissait davantage, c'étaient les fêtes de Noël et du Nouvel An qui approchaient.

Pax, Salam et Lafia étaient ravis de lire un journal. Ils apprirent que l'épouse du président ferait une visite à l'Hôpital central de Baani.

— Lisez-moi ça ! Elle se rendra à Baani ! Mais sans le président… s'étonna Pax.

— Quand on n'a pas de ceinture, on attache une corde ! dit Lafia.

Salam claqua du doigt.

— Lafia, tu seras notre pièce maîtresse !

— Moi ? Frémit-elle, en portant la main sur le cœur.

— Il faut qu'on soit tous prêts pour l'inauguration de cette crèche !

Le lendemain, Salam et Pax se rendirent à la direction du collège. Ils firent leur entrée dans le bureau de la secrétaire qu'ils aimaient bien.

— Bonjour la jeunesse ! répondit-elle à leur salutation.

— Nous voulons voir Monsieur le Principal, dit Salam.

— Il est en conseil des professeurs. Pas d'accueil aujourd'hui !

— Il faut qu'on le voie absolument !

— Profitez de votre temps libre, vous le verrez demain…

— Madame, ça concerne l'ouverture de la nouvelle crèche de Baani !

— Tout le monde rêve d'y aller ! Notre collège doit choisir une charmante jeune fille qui offrira le bouquet de fleurs à la Dame de Koulouba.

— Justement ! Ce n'est pas ce qui nous manque… dit Salam.

— Je suis en train de finaliser la liste des candidates. Le temps passe et il faut faire vite !

— Connaissez-vous Lafia de la 6e ? Elle ferait
bien l'affaire…
— Je prends note, mais ce n'est pas moi qui
décide !
— Vous semblez bien vous entendre avec le
Principal… C'est votre ami, n'est-ce pas ?
dit-il d'un air complice.
— Je pense que c'est le moment d'aller en
récréation, dit-elle, en les entraînant
gentiment vers la sortie.

* *

*

À la veille de l'inauguration, Salam et Pax
rencontrèrent leur amie.
— Voilà toute l'histoire, Lafia !
— Si je comprends bien, grâce à vous, je fais
partie des trois filles d'honneur. Alors que
c'était prévisible, non ?
— Arrête ! Tu as les chevilles qui enflent… Le
caméléon qui veut se faire aussi gros que le
buffle finira par éclater !

— Tu vas offrir le bouquet à la Dame de Koulouba ! Tu t'en rends compte ? rebondit Salam.

— Cela arrive une seule fois dans la vie d'une fille de Ba-yiri… Moi, j'aurai ma photo avec elle. Et vous ?

Salam lui dit à voix basse.

— Pendant la remise des fleurs, tu lui fais un sourire inoubliable pour qu'elle se souvienne de toi. À la fin de la cérémonie, tu nous la présenteras pour que nous ayons tous les trois une photo avec elle. On fera le selfie du siècle !

Ils étaient satisfaits. Salam dit en les prenant par les épaules.

— Le saviez-vous ? Le rire est la distance la plus courte entre deux personnes !

Pax éclata de rire en voyant la mine de Lafia.

— C'est tout bon pour toi, Lafia ?

— Heu… oui, vous pouvez compter sur moi ! dit-elle, en clignant de l'œil

Chapitre VII

Wondudo, le bonheur de l'orpheline

Dans le quartier de Baani, les rues avaient fait peau neuve. Des décorations splendides égaillaient les habitants en cette fin d'année à Bayiri.

L'hôpital était resplendissant. Des pavés et des haies blanchies à la chaux parsemaient la cour interne. Ils donnaient à la pouponnière *Wondudo* une atmosphère paradisiaque.

Au jour de l'inauguration, un beau soleil jeta ses rayons dorés sur le nouvel édifice. Toute la ville était fière de posséder une crèche de ce standing.

Peu après, le grand hall accueillit la cérémonie officielle. À bonne distance, les trois amis virent pour la première fois la Dame de Koulouba. Elle était en compagnie d'autres femmes habillées en *bazin* et coiffées de *luilui-peende*.

Pax se pencha vers Salam.

— Elle est photogénique !

— C'est comme à la télé ! dit l'autre en applaudissant.

La ministre de l'Action sociale fit un discours. Elle était visiblement heureuse devant cette maison qu'elle qualifiait de « Joyau du Sahel ».

— Madame l'épouse du Président, cette maison, nous l'avons baptisée « *Wondudo* », car l'enfant qui a perdu ses parents doit être accueilli et protégé quotidiennement.

Des applaudissements remplirent la salle et les femmes poussèrent des *youyous* stridents.

Une jeune fille s'avança avec de belles fleurs dans les mains. La Dame de Koulouba l'embrassa sous les flashs des photographes venus en grand nombre.

— Comment ça ? s'insurgea Salam. Ce n'est pas Lafia…

— Où est-elle passée ? s'écria Pax, en bondissant de sa chaise.

L'épouse du président se présenta au podium. Elle remercia tous les donateurs qui avaient contribué à la construction de *Wondudo* et redit son grand amour pour les tout-petits.

— Personne ne vient du désert, tout le monde est né dans une famille, conclut-elle.

Salam cherchait Lafia dans la foule. Il la retrouva en pleurs dans un coin.

— On m'a remplacée par la fille de la ministre !

— C'est injuste ! dit-il en frappant du poing. C'est toujours les riches qui gagnent !

Pax apparut, ils le trouvèrent perplexe.

— Hélas ! Je me suis renseigné chez la secrétaire du collège…

Ils l'interrogèrent du regard.

— C'est la fille adoptive de la ministre… une orpheline.

On a pensé qu'elle était toute désignée !

— Nous avons raté la photo ! dit-elle, en larmes.

— Lafia… Réjouissons-nous plutôt pour le bonheur d'une orpheline qui gardera un beau souvenir de cette journée !

Salam aida Lafia à se relever.

— Ne baissons pas les bras, car là où on s'aime, il ne fait jamais nuit !

— Souvenez-vous que le rire de la souris équivaut au rire de l'éléphant ! Vous savez pourquoi ? demanda Pax.

— Parce que chaque rire se satisfait à lui-même ! répondirent-ils.

— Exactement ! Il ne dépend pas de la taille, encore moins du volume !

Lafia esquissa un petit sourire. Ils se tinrent les mains et entonnèrent leur devise avec enthousiasme. Puis, ils allèrent participer aux réjouissances de la Maison *Wondudo*.

Chapitre VIII

Le silence de Poko

Après les fêtes du Nouvel An, les élèves regagnèrent leur salle de classe qu'ils avaient décorée avec des guirlandes multicolores. Un après-midi, Lafia aperçut une fille recroquevillée au fond de la classe.

— Eh ! Poko, c'est la récré ! On va se régaler avec du bon *mãasa*. On aime bien ces galettes de mil, n'est-ce pas !

L'autre déclina l'offre.

— Es-tu malade ?

Lafia lui toucha le front et les joues.

— Laisse-moi tranquille…

— Je t'en prie Poko… Nous sommes de bonnes camarades, non ?

Poko détourna son regard.

— OK ! Si tu n'as rien à me dire, c'est ton droit. Tu sais bien que l'enfant qui partage son repas ne meurt jamais de faim !

— Lafia… Ma tante veut m'exciser !

— Quoi ?

— Je ne veux pas qu'on en parle…

— Impossible ! La femme qui n'aime pas les mouches doit s'éloigner du sang qui coule.

— Elle m'a dit que si j'en parle, on m'enverra au village et on le fera quand même !

— Ça ne sent pas bon là… Que fait-elle à Bayiri ?

— Elle est vendeuse de poissons au marché du lac Débho.

Lafia partit à la recherche de ses deux amis. Elle les trouva en pleine nature, près des rochers qui ceinturent la décharge publique.

— Tu viens débusquer les petits reptiles avec nous ?

— Non merci ! Les pauvres bêtes, pensa-t-elle.

— Depuis la nuit des temps, c'est comme ça ! Les garçons chassent et les filles rôtissent !

— Ne comptez pas sur moi pour rôtir vos lézards !

— As-tu des nouvelles de la Dame de Koulouba ?

— Non, j'ai plutôt des informations sur une autre dame… Elle va être bientôt excisée !

— Sérieux ? sursautèrent-ils, en rangeant leurs lance-pierres.

Quand Lafia leur expliqua l'affaire, ils s'indignèrent.

* *

*

Lafia fit son entrée dans le petit marché du lac Débho. Elle était indisposée par les odeurs, mais elle avança résolument vers les vendeuses de poissons.

— Bonjour Madame ! lança-t-elle à la femme d'âge mûr qui manipulait les poissons avec aisance.

— Bienvenue *poug-sada* ! Veux-tu du bon poisson ?

— Oui, je voudrais un kilo de mâchoirons bien frais !

— Toi, il me semble t'avoir déjà vu quelque part… N'est-ce pas à la dernière élection Miss culture ?

— Oui, avoua Lafia.

— Je te félicite surtout, parce que tu as refusé de te présenter avec un bout de culotte ! C'est affreux, cette chose-là, en public !

— Voulez-vous parler du maillot de bain, Madame ?

— Tu peux l'appeler comme tu veux *poug-sada*... Tu connais bien les valeurs africaines, toi !

— Je l'ai fait pour des raisons personnelles...

— Tu le dois plutôt à l'éducation de tes parents ! La dernière fête de *Na-basga* fut grandiose. Le grand chef *Naaba* a rappelé nos valeurs et nous a promis les bénédictions de nos ancêtres.

La vendeuse se rapprocha de la jeune fille et lui parla à voix basse.

— Es-tu excisée... ?

— Que voulez-vous faire de cette information ?

— Je pense que oui... Tu peux bénir le ciel ! Tu es une véritable femme à présent. Moi, j'ai une nièce qui le sera sous peu !

— Comment comptez-vous le faire ?

— Tu es un peu trop curieuse *poug-sada*... reviens une autre fois, car je dois vendre mon poisson !

Lafia prit congé de la vendeuse et se promit d'y revenir, en pensa fermement : « Un seul doigt ne peut pas ramasser de la farine ! »

Chapitre IX

Mami Wata, l'exciseuse du lac Débho

Lafia revint au marché du lac Débho, le soir même, à l'heure des comptes.

— Avez-vous fait de bonnes affaires aujourd'hui, Madame ?

— Oui, le lac est plein de poissons en ce moment. En plus, la Caisse Populaire du Sahel nous fait encore des crédits…

— Vous avez un pansement au doigt…

— J'ai été piquée par l'arête d'un poisson-sorcier. C'est douloureux ! Toi, tu ne risques plus tout ça… Tu seras une grande dame avec des ongles pleins de vernis !

— Pour l'instant, je n'en ai pas… Je me consacre à mes études. On dit que la fille qui sait curer ses ongles offre de l'eau pure aux étrangers.

— Tu en sais des choses, toi !

La vendeuse la regarda avec étonnement, puis elle s'activa à ranger ses affaires.

— Voilà pourquoi, il ne faut pas empêcher *Mami Wata* de travailler !

— C'est qui ? *Mami Wata.*

— C'est la meilleure exciseuse du lac !

La vendeuse parlait sans se lasser. Elle était fière de sa petite interlocutrice et lui promit une rencontre avec *Mami Wata.*

* *

*

— Poko ! Que fais-tu ici ? demanda la vendeuse, quand elle vit sa nièce en compagnie de Lafia et de deux jeunes garçons.

— C'est moi qui l'ai amenée ici ! dit Lafia.

— Qu'est-ce que cela veut dire ? s'écria *Mami Wata*, très irritée.

— Je vous demande de rester calmes, Mesdames !

Mami Wata décida de partir, mais Pax s'interposa.

— Si vous quittez ces lieux, vous serez convoquées dès demain à la police !

— Traîtresse ! Poko, tu as osé…

Les jeunes élèves se placèrent entre Poko et les deux femmes.

— *Mami Wata*, dites-nous pourquoi vous faites ça !

— C'est pour gagner mon pain… Depuis vingt ans, je suis à Ba-yiri sans aides…

— Sauf que vous encaissez de l'argent aux dépens de pauvres enfants ! dit Pax.

— Et toutes ces fillettes mortes par votre faute ? renchérit Salam.

— Je n'ai jamais tué personne ! dit *Mami Wata*. Ce sont nos traditions ! C'est le rite de *bâongo* pour que nos filles deviennent de véritables femmes. Et que proposez-vous, vous les jeunes d'aujourd'hui ?

Il eut un silence dans le rang des élèves.

La tante de Poko continua en arrangeant son foulard repiqué de coquillages.

— Nos ancêtres disent que l'arbre qui n'a pas de racine est un arbre mort !

— Nos traditions ont certes de la valeur, mais vous en abusez ! s'exaspéra Pax.

— Dans tous les cas, Poko ne sera pas excisée !
Sinon, nos parents s'occuperont de vous…
avertit Lafia.

— Mon père est directeur de la Caisse
Populaire ! dit Pax. Il ne vous accordera
plus de crédit pour votre commerce…

— Ma mère est chirurgienne. Si jamais, elle
l'apprend, elle fera couper votre doigt
infecté, vous qui mutilez les enfants !

— Mon père est commissaire de police. Il
vous jettera en prison pour le restant de vos
jours !

— *Mami Wata !* Vous arrêtez immédiatement
ce métier ! ordonna Salam. D'ailleurs,
toutes les deux, vous vous inscrirez dans le
comité communal de lutte contre
l'excision.

La vendeuse de poissons se tourna vers sa
nièce.

— Poko, viens dans mes bras… Personne ne
te fera de mal !

Les trois amis, stupéfaits, dévisageaient la scène.

— Intrigante, cette *Mami Wata*… Le poisson pleure aussi dans l'eau, mais on ne voit pas ses larmes, songea Pax.

Ce jour-là, les trois amis quittèrent le marché du lac Débho avec un sentiment héroïque.

« Opération *Vãamba* »

Le mois de mai ouvrit ses portes sur le Collège de l'Excellence avec les premières pluies hivernales. À la fin d'un cours sur les sciences de l'environnement, Pax s'adressa à toute la classe.

— Chers amis, la saison des pluies est à nos portes. Vous verrez bientôt les flaques d'eau et les rigoles pleines de moustiques. Ces *Vãamba* sont de véritables vampires !

— On n'y peut rien ! Ils ont même leur quartier général au marché de *Katreyaar* !

— Nous allons lancer l'« Opération *Vãamba* » !

— Nous n'avons pas d'insecticides, pas de moustiquaires, pas de quinine, rien du tout ! dit une fille.

— Pas de panique ! Répartissez-vous en trois groupes. Choisissez des chefs d'équipe.

— Oui, mon capitaine ! Se dressa un élève au garde-à-vous.

— Dès demain, ramassez toutes les boîtes usées, les sachets abandonnés, les bouteilles vides. Patrouillez dans tous les coins et les recoins possibles !

Les élèves se lancèrent à la chasse aux moustiques.

— Les filles ! Ne jetez plus les ordures n'importe où, dit Lafia. Videz les restes des plats dans les poubelles désignées et les eaux usées dans des lieux appropriés.

— Les gars ! Avant de jouer au foot, il faut assécher les eaux stagnantes et pleines de larves. Pas de quartier pour les *Vãamba !*

Une émulation conquit les esprits en ces temps qui précédaient la Tabaski, la fête de l'*Aïd-el-Kébir*.

Quelques semaines durant, la mobilisation gagna du terrain et l'administration du collège augmenta le nombre de bacs à ordure.

Les petits marchands de rues s'impliquèrent et l'« Opération *Vãamba* » devint communale. Le maire fut informé de la régression du paludisme si bien que le conseil municipal décerna un prix spécial au Collège de l'Excellence.

Au mois de juin, le collège reçut une équipe médicale qui vint faire un exposé sur l'impact de la malaria dans les pays tropicaux. Les hommes en blouses blanches parlèrent longuement et répondirent à de nombreuses questions. Les jeunes apprirent que le paludisme tue des millions de personnes chaque année dans le monde.

À la fin de la présentation, des questions fusèrent de partout.

— À quand un vaccin fabriqué en Afrique contre le « palu » ?

— Pourquoi l'Afrique est-elle toujours en retard ?

— Pourquoi toutes ces images d'enfants africains et squelettiques dans tous les médias du monde ?

— Pourquoi les plus riches vont-ils se soigner ailleurs au lieu de développer des structures performantes sur place ?

Les conférenciers étaient surpris par tant de perspicacité.

— Bravo, jeunes gens ! dit le médecin-chef de Ba-yiri, je vous encourage à la réflexion, et surtout, à garder le souci de l'hygiène dans votre environnement immédiat. C'est le secret de la bonne santé pour chacun et pour tous ! Sur ce, bonne fête de la Tabaski !

Salam et Lafia levèrent le pouce vers leur ami.

— Pax, ton idée était formidable. Et que vive la fête du mouton *targui* !

— Mais… le maire aurait pu demander au président de venir remettre le prix spécial, dit-il en serrant les lèvres.

— Comme ça, nous aurions eu notre « clic » ! dit Lafia, en pointant l'index.

— Il faudra trouver d'autres idées… s'alarma Salam.

Pax, soudain, se raidit.

— Nous devons stopper notre projet… ou le suspendre.

Lafia, en regardant tour à tour Pax et Salam, laissa tomber ses bras le long du corps.

Salam simula un stylo entre les doigts.

— Il faut se concentrer sur les examens, c'est bien ça ?

— Il faut aussi préparer les concours culturels… ajouta Lafia.

Pax soupira.

— Nous devons changer nos habitudes…

— Il est plus facile de guérir d'une maladie
que d'une habitude ! dit Salam.

— C'est vrai ! Mais n'oublions pas que les
habitudes endorment la prudence…

D'un commun accord, ils saluèrent cette
décision.

Chapitre XI

Tassman, le petit toxicomane

Ce week-end, les trois amis laissèrent de côté leurs cahiers pour passer du bon temps dans le Jardin du maire. L'air frais qui soufflait en ce lieu leur fit un grand bien. Ils s'assirent sur les herbes en regardant les clients de la buvette.

— Je ne comprends pas comment des adultes boivent et fument à longueur de journée ! dit Salam.

Lafia réagit aussitôt.

— Je dirai plutôt « pourquoi » au lieu de « comment » ! L'alcool et la fumée sont comme l'oignon, ils font tous pleurer…

— On dit que les adultes boivent pour noyer leurs soucis. Apparemment, il y a des soucis qui savent nager ! dit Pax.

— Certains pères de famille ne s'occupent même plus de leurs enfants à cause de l'alcool… dit Salam avec défiance.

— Surtout, quand on en abuse ! renchérit Pax.

— Sûr que des élèves boivent en solo ! Croyez-moi, ce ne sont pas les plus brillants… affirma Lafia.

— Loin des boissons alcoolisées et des fumées toxiques, mieux nous nous portons ! avisa Pax.

— À propos des collégiens qui font des choses en cachette… J'en vois un actuellement ! lâcha Salam, qui fit signe du regard.

Ils aperçurent un élève qui était adossé à un arbre. Ce dernier les vit et dissimula un petit paquet. Salam s'approcha de lui.

— Tassman ! C'est quoi ce truc ?

— Depuis quand tu fais ça ? demanda Pax.

— Quelques semaines… Mais qu'est-ce qui vous regarde ?

— Et tu es déjà accro ? s'irrita Lafia.

— Fichez-moi la paix !

— C'est un cigare ou de la drogue ? demanda Salam.

Pax se mit face à Tassman.

— Si tu refuses de parler, tout le monde le saura ! Lafia ne taira pas la chose…

— Je m'en f…, dit-il entre deux souffles.

Il perdit son équilibre et s'effondra.

Ils l'aidèrent à s'asseoir dans un endroit calme du jardin.

— Il y a quelque temps, je suis sorti un soir…
Je voulais savoir à quoi ressemble Ba-yiri la
nuit. J'ai rencontré des enfants qui
dormaient sur des morceaux de cartons. Ils
m'ont fait respirer de la colle qu'ils faisaient
flamber. Cette nuit-là, j'ai vomi tout ce que
j'avais dans le ventre. Après, j'ai pris goût…
— Tu vas devenir dingue ! vociféra Lafia.
— Calmons-nous ! s'écria Pax.
Salam se tourna vers le jeune fumeur.
— Tassman, si tu le veux bien, je vais te
conduire chez mon ami l'infirmier.
— Oui, nous t'aiderons ! dit Pax.
Lafia lui prit la main.
— Excuse-moi. Je t'ai jugé trop vite…
— Si j'avais respecté la discipline de l'école, je
n'en serais pas là, n'est-ce pas ?
— Tu n'es pas le pire des élèves !
— Pourrai-je m'en passer un jour ?
— Oui, pourquoi pas ? Si quelqu'un te lave le
dos, fais l'effort de laver ton visage…
Quelques semaines plus tard, Tassman était
plus allègre. Ses résultats scolaires s'améliorèrent.

Les trois amis se réjouirent, car l'esseulé du Jardin
du maire avait retrouvé la joie de vivre.

Bishara, la bonne nouvelle

Une semaine, avant les concours culturels, eurent lieu les examens de fin d'année. Ils durèrent trois jours pendant lesquels les pluies rafraîchissaient ces heures laborieuses.

Au bout de ces journées, les trois amis se retrouvèrent dans leur Bosquet du Sahel, situé à la périphérie de la ville. Ils l'appelaient *Dugukolo*.

Avec leurs petites épargnes, ils avaient reboisé ce carré de terre. Ils se promenaient en admirant les jeunes arbres qu'ils avaient plantés.

— Les dernières pluies ont fait du bien à *Dugukolo* ! Regardez ces jeunes pousses, dit Lafia, en les caressant.

— C'est tout le Sahel qu'il faudra reverdir ! dit Salam en brandissant son râteau.

— Espérons que cette année, la pluie tombera suffisamment ! Nos graines de baobab donneront-elles de l'ombre un jour ? soupira Pax, adossé sur sa pelle à bêcher.

Salam en élaguant un arbrisseau, dit avec stupéfaction.

— Voyez tous ces sacs usagés ! Rien que du plastique partout…

Lafia aussi avait pris en dégoût ces ordures qui souillaient leur boqueteau.

— Ce sont les déchets de la mondialisation dont on parle tant !

— L'an prochain, nous allons organiser l'« Opération sachet noir ! » pour nettoyer tout Ba-yiri ! proposa Salam.

— Pourquoi pas ? En attendant, nettoyons bien *Dugukolo*, dit placidement Lafia.

— Quand un arbre tombe, on l'entend, mais quand la forêt pousse, pas un seul bruit. Il faudra penser à une clôture ! annonça Pax.

— Bonne idée ! Nous commencerons la semaine prochaine, dit Salam.

— La semaine prochaine ? sursauta Lafia. Ce sera la finale des concours culturels, juste après les examens !

— Je ne sais pas ce que vous allez présenter. Moi, j'ai ma petite idée… murmura Pax.

— Moi aussi, dit Salam.

— Moi également, assura Lafia.

Ils s'interrogèrent du regard, comme si chacun voulait connaître le petit secret de l'autre.

* *

*

Quelques jours avant la proclamation des résultats de fin d'année, tous les élèves furent convoqués par la direction. Ce matin-là, le Principal prit la parole.

— Notre collège vient de recevoir une nouvelle qui va vous réjouir autant que nous. C'est notre *bishara* !

Un silence parcourut toute l'assemblée juvénile.

— Après les actions remarquables que vous avez menées durant l'année scolaire, nous aurons la joie d'accueillir ici même, dans notre collège, le président de la Confédération et son épouse !

Un vacarme emplit toute la cour.

— Le couple présidentiel nous fait l'honneur de participer à la remise des prix de fin d'année ! informa le premier responsable de l'établissement.

— Vous entendez ça ? Ce n'est pas une fausse *bishara* ! Préparons nos *djembés* ! s'écrièrent Salam et Lafia.

— Pas si vite ! Attendons de voir… dit Pax.

Ils le dévisagèrent sévèrement.

— Tout de même ! Pax… C'est le Principal, lui-même, qui l'a annoncée !

— Et nous ne sommes pas le premier avril aujourd'hui ! précisa Lafia.

— Ne comptez pas sur moi pour chercher un photographe ! Franchement, que vaut une calebasse toujours vide ?

Ses amis rétorquèrent coup sur coup.

— La calebasse est toujours solide tant que le bâton ne l'a pas brisée !

— Tu sais bien que l'espoir est l'ami du pauvre.

Il sourit d'un air mi-confiant, mi-dubitatif.

— Ce n'est pas une question d'espérance ou de pauvreté…

— Je vois ton problème… C'est la foi ! dit Lafia.

En toute confiance, ils posèrent leurs mains sur ses épaules.

— Le seul remède à l'incrédulité, c'est de croire. C'est tout !

Jam, mission accomplie

En ce premier jour du mois de juillet, le collège ouvrit ses portes sur des élèves baignant dans l'euphorie. Les professeurs, les parents d'élèves, ainsi que les habitants de Ba-yiri étaient au rendez-vous. Jamais, la cour du Collège de l'Excellence n'avait connu une telle affluence. À une heure avancée de la matinée, de nombreux véhicules y défilèrent.

Les premières autorités civiles firent leur apparition. Puis, ce fut la sirène de la gendarmerie qui retentit jusqu'au portail de l'établissement. Une voiture nommée « *Sahel car* » s'arrêta en face d'un grand podium qu'on avait installé.

L'assemblée vit sortir le président et son épouse. On ovationna leur arrivée. L'hymne national fut entonné, puis une série de discours nourrit l'assemblée juvénile depuis la tribune officielle.

Pax, Lafia et Salam avaient les yeux rivés sur le podium quand la secrétaire du collège se présenta devant eux.

— Monsieur le Principal vous demande urgemment ! Il y a un message à lire et des cadeaux pour le couple présidentiel.

Peu de temps après, tous les collégiens virent Pax s'avancer devant le microphone qu'on ajusta à sa taille. Il lut solennellement un texte de bienvenue au nom des élèves.

Puis, la remise des prix commença. Elle se déroula jusqu'au tour de la classe de 6e.

— Et maintenant, honorables invités, nous avons le plaisir de vous présenter un classement inouï depuis la fondation du Collège de l'Excellence. Dans la même et unique classe, trois élèves sont premiers *ex-aeco* ! Il s'agit de Lafia, Salam et Pax.

Toute l'assemblée applaudit à la grande surprise des trois amis.

— Ils ont également remporté les premiers prix au concours culturel, dans leurs catégories respectives !

On acclama derechef.

— Pax a remporté le premier prix en vêtement traditionnel, Salam a eu le sien dans le travail du bronze et Lafia, en poterie !

L'enthousiasme de l'assemblée fut à son comble.

— Vous n'êtes pas au bout de vos surprises ! Ces trois virtuoses ont décidé d'offrir leur création au couple présidentiel : un *dashiki*, un *zũuri* et un *bogodaga djenne*.

Tous les élèves se levèrent et récitèrent un nouveau poème. Les trois amis furent surpris par son titre : *Chant du balafon*. Salam et Lafia firent un clin d'œil à Pax.

On les conduisit ensuite auprès du couple présidentiel pour une pause photographique. Sous les projecteurs, ils laissèrent libre cours à leur émerveillement.

L'épouse du président prit la parole. Elle exprima sa satisfaction pour les excellents résultats du collège.

— Je suis enchantée qu'une fille tienne tête à deux garçons sur le tableau d'honneur ! dit-elle avec un brin d'humour. Profitez bien de votre *baraaji* !

Peu après, les trois primés furent accueillis au lieu du banquet. Au cours du repas, la Dame de Koulouba se pencha vers eux.

— J'ai l'impression d'avoir lu vos noms quelque part…

Pax se souvint de leur lettre.

— Madame, dit-il d'une petite voix, nous avons fait une folie, il y a quelques mois… nous avons écrit au Président !

— N'est-ce pas au sujet des enfants déshérités ?

— Oui, nous nous en excusons…

— J'admire plutôt votre audace ! Je puis même vous assurer que dès l'année prochaine, je verrai dans quelles conditions cela est réalisable.

Un rayon de soleil illumina leurs visages.

— Par contre, prenez soin d'écrire votre adresse au dos de l'enveloppe quand vous postez une lettre…

Pax pensa intérieurement : « Le Président aurait-il répondu si nous n'avions pas oublié d'écrire notre adresse ? »

Elle se tourna vers son époux et lui parla discrètement. Le Président porta son regard sur les trois lauréats avec un grand sourire. Il demanda à chacun d'eux, comme s'il voulait les soumettre à une ultime épreuve.

— Que veut dire « Pax » ?

— La paix ! Monsieur le Président.

— Et « Salam » ?

— La paix ! Monsieur le président.

— Et « Lafia ? »

— La paix ! Monsieur le Président.

— *Jam !* Vous serez des artisans de la paix dans notre Confédération ! La paix est comme une fleur. Souvenez-vous toujours qu'on ne tire pas sur une fleur pour la faire pousser, on l'arrose…

Lafia se souvint du proverbe préféré de son grand-père.

— On nous a appris que l'arbre de la paix a des racines amères… mais son fruit est doux !

La Dame de Koulouba la regarda avec admiration.

— Je viens d'avoir une petite idée. Je créerai une Fondation, elle contribuera au bien-être des enfants de Ba-yiri. Je remercie le ciel d'avoir été inspirée par trois magnifiques étoiles !

* *

*

C'était la fin de la journée dans la cour du collège. Les élèves découvraient leur établissement à la télévision. Ils regardaient fièrement le reportage de la remise des prix. Ils étaient encore plus heureux en cette veille de leur départ en vacances.

Quand l'émission prit fin, Salam fixait toujours le petit écran comme s'il était en extase.

— Lafia, pince-moi, s'il te plaît…

— Pourquoi ? Tu es assez grand pour le faire !

— Pour me convaincre que je ne rêve pas !

Dans la salle, quelqu'un s'écria.

— Regardez ! C'est le secrétaire général de l'O.NA.S.A ! Il posera bientôt la première pierre d'une bibliothèque pour les jeunes à Ba-yiri. Ce sera la plus grande bibliothèque d'Afrique !

L'information fut suivie d'une avalanche d'échos.

— C'est quoi : l'O.NA.S.A ?

— C'est la nouvelle Organisation des Nations Souveraines d'Afrique !

— C'est quoi : des nations souveraines ? Va-t-on débaptiser le Rond-point des Nations Unies de Ba-yiri ?

— Peut-être… On entre dans l'ère sacrée du panafricanisme !

— Décidément, c'est quoi le panafricanisme ?

— C'est déjà reconnaître que l'Afrique est le « Berceau de l'humanité » !

— C'est plutôt s'engager pour une Afrique libre et prospère !

Les trois amis écoutaient ces débats avec beaucoup d'intérêt. Ils joignirent les mains et dirent avec une candeur dans les yeux.

— Et si on faisait un autre pari ?

FIN

<u>De l'originalité du « *Rʋ-lemde* »</u>

L'auteur, *Nêer-songo*, instaure un style nouveau dont le contenu est explicite. Cette œuvre n'est ni un roman ni un conte, même s'il garde les caractères d'un récit fictionnel aux frontières de ces deux styles littéraires. Le genre proposé est à bien des égards une originalité. Il puise ses sources dans les langues principalement africaines, et surtout, dans une littérature hybride et féconde. Ce livre est au carrefour des cultures du monde.

Solemde : le mot désigne un récit enrichi par divers styles de narrations dans les traditions orales africaines en général et burkinabè en particulier.

Roman : un récit, une œuvre d'imagination, une fiction écrite généralement en prose.

Roman-*solemde* : ce mot composé désigne, par les propres termes de l'auteur, un métissage du genre romanesque francophone et du *solemde* africain. Il se situe à la croisée des récits, des contes, des proverbes et des aphorismes. C'est dans ce genre littéraire africain et moderne que se tisse l'oralité narrative de cette œuvre. La synthèse a produit ce néo-style, emprunté à la langue mooré : « *Rʋ-lemde* ».

Rʋ-lemde : composé de « *rʋ* » (grimper/monter) et « *lemde* » (menton/barbe).

Ces mots expriment l'effort constant vers le courage, le discernement, l'intelligence, la maturité. En définitive, cette forme narrative est un parcours initiatique sur la quête de la sagesse.

L'éditeur

Livres de l'Auteur*

Mon beau pays, le Burkina Faso !

Les Dix droits de l'enfant

Les Dix devoirs de l'enfant

Les contes poétiques du petit Africain (saison 1)

Les contes poétiques d'Afrique (saison 2)

*Livres récents ou réédités

© Plumes du Faso/Burkina Faso, 2025.

www.ingramcontent.com/pod-product-compliance
Lightning Source LLC
LaVergne TN
LVHW050926200726
843508LV00011B/2277